02

Fe

LOVE of KILL

CONTENTS

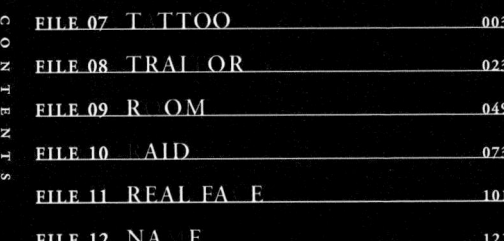

LOVE of KILL

BIP

DÜÜÜÜÜT

DÜÜÜÜÜT

BIP

NEIN, HAT KEINEN ZWECK.

Die von Ihnen gewählte Rufnummer ist derzeit ...

SIE HAT'S ANSCHEINEND AUSGE-SCHALTET.

IHR HANDY.

...

DAS WAR'S. ICH MACHE FEIER-ABEND.

MORGEN TAUCHT SIE HIER DANN PLÖTZLICH WIEDER AUF.

ABER DAS KENNEN WIR JA SCHON.

KCHHH ...

KCHHH ...

DAS IST BEREITS DER ZWEITE BAND VON LOVE OF KILL.

DASS ES MÖGLICH WAR, EINEN ZWEITEN BAND HERAUSZUBRINGEN, IST ALLEN ZU VERDANKEN, DIE SICH DEN ERSTEN BAND GEKAUFT HABEN ...!! VIELEN DANK! ES WAR DURCHAUS MÖGLICH, DASS NACH DEM ERSTEN SCHLUSS IST. DIE CHANCE ZU BEKOMMEN, EINEN WEITEREN ZU VERÖFFENTLICHEN, IST MIR DAHER EINE GROSSE EHRE.

HERZLICHEN DANK AN ALLE.

ENDE SEPTEMBER, 2016

DAS TRIFFT SICH GUT.

OH.

OH. SEUNG-WOO.

BATAMM!

KÖNNEN WIR VOR-HER NOCH ETWAS BESPRE-CHEN?

DIE ANDEREN WERDEN BALD EIN-TREFFEN.

OKAY, EINVER-STANDEN.

PATT

DOSCH

GENAU SOLCHE SPRÜCHE MACHEN DEN KERL WÜTEND, OKAY?

...

... SO UNBEFANGEN.

ICH BENEIDE HOU. ER IST ...

AH HA HA.

WIRKLICH.

DAS MEINE ICH ERNST.

WAAAAAS?

...

JEMAND VOM BÜRO KOMMT MICH ABHOLEN.

HRMF

OH.

ACH JA.

KRAM

ABER ICH WOLLTE DICH DOCH BRINGEN.

ICH HABE NICHT DARUM GEBETEN.

WARTE.

DU HAST ETWAS VERGESSEN.

ACH, KOMM SCHOOON.

... DEN GANZEN ÄRGER BEI DIR ENT-SCHULDIGEN ...

...

... MICH FÜR ...

...

DU BIST DIE, DIE SCHWER VERLETZT WURDE.

ICH HATTE DADURCH KEINEN SCHADEN.

MACH DIR KEINEN KOPF.

...

WOW ...

DAS IST JA EINE ÜBERRA-SCHUNG ...

ACH, NICHTS.

HRNAH?

UND ...

... SAGEN WIR ...

MURMEL

ICH HAB DA SO EINE AHNUNG.

NICHTS, SCHON GUT.

WIE BITTE ...?

»ICH WERDE NIE VERGESSEN, WAS DU FÜR MICH GE- TAN HAST. ♡«

ODER ...

ODER ...

»ICH DANKE DIR. ♡«

... EIN »DANKE« EINER ENTSCHULDI- GUNG VORGE- ZOGEN.

...

WENN ÜBERHAUPT, DANN HÄTTE ICH ÜBRIGENS ...

HRMM.

34

ICH SOLL DIR VOM AN-GREIFER ...

ÜBRIGENS ...

...

„DIE ZEIT DER WIEDERGUT-MACHUNG IST DA ... ... VER-RÄTER."

... AUS-RICHTEN.

HAST DU EINE AHNUNG, WAS ER DAMIT MEINEN KÖNNTE?

DAS HÄTTE SIE MIR AUCH FRÜHER SAGEN KÖNNEN.

ECHT GEMEIN.

ALSO.

ICH MUSS LOS.

FÜNF JAHRE ZUVOR
IN EINER GEWISSEN CHINESISCHEN STADT

SEUNG-WOO.

JA.

OH. WARST WOHL FLEIS-SIG.

SCHON FERTIG MIT DEN VORSTEL-LUNGS-RUNDEN?

DAS CHATEAU-WIRD-KREIDEBLEICH-
TAGLINE-RANKING

TAGLINES SIND TEXTE AUF DEN TITELSEITEN VON KAPITELN ODER MANGAS, DIE DAS, WAS FOLGT, ZUSAMMENFASSEN SOLLEN. VERMUTLICH WERDEN SIE VON REDAKTEUREN GESCHRIEBEN.*

* NUR IN JAPAN.

PLATZ 1

IST DIE ENDSTATION DIESER LIEBE AUS DEINEN TRÄNEN GEBAUT, STEHEN DIE BLUMEN DES TODES WÄHREND UNSERER GEMEINSAMEN REISE IN VOLLER BLÜTE.

(TAGLINE DER TITELSEITE DES ERSTEN KAPITELS)

EIN ANSEHNLICHER BEITRAG UND VERDIENTER ERSTER PLATZ. MAN HAT EIN PAAR, DAS DURCHBRENNT, VORM GEISTIGEN AUGE.

BLEICHHEIT SKALA: 3

PLATZ 2

KOMM, DIE HEILIGE NACHT KANN BEGINNEN.

(TAGLINE DER TITELSEITE DES DRITTEN KAPITELS)

AB INS UNBEHAGLICHE MIT EINEM WÜRDIGEN ZWEITEN PLATZ.

BLEICHHEIT SKALA: 2

PLATZ 3

LIEBE UND TOD, DER IRDISCH WELTEN WIRREN.

(TAGLINE DER TITELSEITE DES ZEHNTEN KAPITELS)

VERSTEHE ICH NICHT. KLINGT ABER COOL POETISCH.

BLEICHHEITS SKALA: 1

CHATEAU
...

DU KANNST
JETZT DAMIT
AUFHÖREN
...

ICH WILL WISSEN, WAS DA LOS WAR!

AUS DEINEN „ENTSCHULDIGUNGEN" WERDE ICH AUCH NICHT SCHLAUER.

ERKLÄR'S MIR!

... BEANTWORTE MIR BITTE EINE FRAGE, JA?

DANN ...

GRRR-RRRM ...

ICH BITTE VIELMALS UM VERZEIHUNG.

ICH ERSETZE DEN WAGEN ...

NOCH TIEFERE VERBEUGUNG

FIRMENWAGEN (VERSICHERT)

HATTEST DU BEREITS ...

... KONTAKT ZU RYANG-HA SONG?

ES TUT ...

... MIR LEID.

FILE 09 ROOM

DA
BIST
DU
JA.

DIE
WOHNUNGEN
MÜSSEN IN
DIESEM GE-
BÄUDE JA
WINZIG
SEIN.

DER
NÄCHSTE
BAHNHOF
IST TOTAL
WEIT
WEG.

UND ALT IST
ES AUCH.

UND WOHER
WEISST DU
ÜBERHAUPT,
WO ICH
WOHNE?

WAS HAST
DU HIER ZU
SUCHEN ...?

...

ES GIBT
KEINEN
GRUND
ZUR
SORGE.

BITTE
GEH.

ICH HABE
MIR SORGEN
GEMACHT UND
WOLLTE NACH-
SEHEN, WIE ES
DIR GEHT.

ACH,
SEI
DOCH
NICHT
SO.

....

ICH WOLLTE DOCH NUR UNSERE ZUSAMMEN-ARBEIT WEITER VERTIEFEN.

KOMM SCHON.

VER-TRAUST DU MIR ETWA NICHT?

NANU?

OH.

JUCHHU!

ICH DARF?

...

KLACK

DEINE SCHUHE ...

ZIEH SIE BITTE VOR DER TÜR AUS.

DANKE, SEHR NETT.

HAST DU KEIN BETT?

EINE EIN-ZIMMER-WOHNUNG ALSO.

FHRMM.

DUFF

SELBST FÜR EINE PERSON.

IST DIE WOHNUNG NICHT EIN BISSCHEN ZU KLEIN?

FÜR MICH IST DIE ETWAS ZU KURZ.

DAS IST EINE SCHLAF-COUCH.

AH.

TACK

SAG ...

BIST DU DAS?

UND DIE ANDEREN BEIDEN AUF DEM BILD, SIND DAS DEINE ELTERN?

... ETWAS ANGEHT.

ICH DENKE NICHT, DASS DICH DAS ...

BLITZ

WURDEST DU ...

... ETWA IRGENDWIE ABGESTRAFT?

...
LÜGNER
...

IRGENDWIE FÜHLE ICH MICH DAFÜR VERANTWORTLICH.

AUWEIA ...

VOLLTREFFER, WAS?

DU WURDEST SUSPENDIERT?

...

JA?

NA UND?

...

MEIN ARBEITGEBER HAT HERAUS-GEFUNDEN, DASS ICH KONTAKT ZU DIR HABE.

ALSO ...

... DEIN ARBEITGEBER HAT DIR, WAS DIE VERBINDUNG ZWISCHEN DIR UND MIR ANGEHT, GAR NICHTS VORZU-WERFEN.

...

NA UND, SAGST DU ...

... EIN PROBLEM HAT, WENN DAS RAUSKOMMT, DANN DIE OR-GANISATION.

IMMERHIN IST DURCH MICH EUER PROFIT GESTIEGEN, UND WENN JE-MAND ...

... ODER OB SIE ES UNTER DEN TEPPICH KEHREN UND MICH VON DIR BESEITIGEN LASSEN ...

... STELLT SICH DIE FRAGE, OB SIE MICH WEITER FÜR SICH NUTZEN ...

VIEL-MEHR ...

IN BEIDEN FÄLLEN HÄNGT ES VON DIR AB.

DARÜBER HINAUS HAST DU ABSOLUT KEINE VORTEILE DURCH DEN KONTAKT ZU MIR.

DU SOLLTEST SELBST GUT GENUG WISSEN, WIE SEHR DEIN LEBEN IN GE-FAHR IST.

ICH BEGREIFE ES NICHT.

Sie haben eine Nachricht.

Siebzehn Uhr und fünf Minuten.

...

ACH.

NOCH ETWAS ...

ICH GEHE.

ENT-SCHUL-DIGE.

OH, SCHLECH-TES TIMING.

DA DRAUSSEN LAUFEN VIELE BÖSE JUNGS HERUM.

DU DARFST FREMDE NICHT EINFACH SO IN DEINE WOHNUNG LASSEN.

ICH MELDE MICH WIEDER.

BATAMM

...

DAS BONUS-KAPITEL SPIELT NACH DIESER GESCHICHTE.

• FILE 7 „TATTOO"

DAS OPFER IST CHATEAUS SMARTPHONE. „DER ANGREIFER" = „DER TÄTOWIERTE". SO HIESS ES AUCH IN DER CHARAKTER-VORSTELLUNG IM MAGAZIN. EIN ANTAGO-NIST, DEN MAN „DER TÄTOWIERTE" NENNT ... IRGENDWIE KOMMT MIR DAS SEHR BEKANNT VOR ... LOL

• FILE 8 „TRAITOR"

RYANG-HAS VERGANGENHEIT. ENDLICH ER-FÄHRT MAN DEN RICHTIGEN NAMEN DES ANGREIFERS. ES HAT NICHTS MIT DEM INHALT ZU TUN, ABER DIE ABGABE DER ENTWÜRFE FIEL AUSGERECHNET AUF EINEN DREITÄGIGEN AUFENTHALT IN DIONEY-LAND, DEN ICH SCHON LANGE VORHER GEPLANT HATTE. DAS WAR HART. (SELBST SCHULD.) AUF DER REISE HABE ICH ES AN NICHTS FEHLEN LASSEN. LOL

HOU ... DAS IST JA EIN IMAGE-WECHSEL WIE BEI SCHÜLERN, DIE AN EINE NEUE SCHULE KOMMEN ...

DAS HAT ER-WACHSENEN-GRÜNDE.

WAS GLAUBST DU, WESSEN SCHULD DAS IS' ...?

SCHNÜFF

ICH WILL UMZIE-HEN ...

ER WEISS ES.

ZU VERMIETEN

• FILE 9 „ROOM"

EIGENTLICH HATTE ICH VOR, ES IN DIESEM KAPITEL MEHR KNISTERN ZU LASSEN ALS IN DEM HOBBYMÄSSIGEN WEBCOMIC. ICH BIN ABER NOCH EINMAL IN MICH GEGANGEN UND KAM ZU DEM SCHLUSS, DASS DAS NICHT ZUR ATMOSPHÄRE DER STORY PASSEN WÜRDE ... DAS FOTO AUS CHATEAUS KINDHEITSTAGEN HABE ICH PER COPY/PASTE PENETRANT ÜBER-ALL EINGEBAUT. LOL

FILE 10 RAID

BIS
BALD.

JAJA.

IST JA
GUT.

...

BWFF.

BWRFF.

WAS BIST
DU GROSS
GEWORDEN
... ...
EURIPE-
DES,
MEIN
LIEBER.

SCHLP
SCHLP
SCHLP

JA.

CHATEAU
UND DU, IHR
HABT SO
SCHÖN MIT-
EINANDER
GESPIELT.

ERINNERST
DU DICH NOCH
DARAN, WIE DU
IMMER MIT DEI-
NEM VATER HIER
WARST?

DAS
HÖRE ICH
OFT ...

...
DU
WIRKST
SO ...
STATTLICH
...

...
FÜNFUND-
ZWANZIG BIN
ICH.

WARST DU NICHT
UNGEFÄHR SO ALT
WIE CHATEAU!!

WIE
ALT BIST
DU DENN
JETZT?

ABER
SAG
MAL ...

HEY.

FÄNGT MAN BEI DER STIRN AN? ODER WIE?

ALSO SO.

WENN MAN EIN KREUZ MACHT ...

OH.

DER WAR GUT.

... BRINGT MIR EIN TREFFEN MIT DIR NOCH WENIGER.

DANN ...

HAAACH.

DANN WÄRE DAS DOCH OKAY, ODER?

JA?

... DA EINEN NETTEN JOB FÜR DICH, WENN DU WIE-DER IM DIENST BIST ...

ICH HÄTTE ...

MENSCH, SEI DOCH MAL EIN BISSCHEN ENTGEGEN-KOMMENDER.

NEIN, KEIN BEDARF.

KOMM MIR BITTE NICHT NACH.

GÖHÖ.

GÖH.

HRRRRRNGH!

WIE VIELE DEINER KUMPEL SIND NOCH HIER?

TACK

PA

NG

GUARH.

BWTSCH

MIT WEM?

WAS WAR AB-GE-SPRO-CHEN?

«DAS WAR ANDERS ABGE-SPRO-CHEN» ...HAST DU GE-SAGT.

ANTWORTE.

PRAKTISCH, DEIN GUTES GESPÜR.

LIEBE CHATEAU.

DU ERINNERST DICH?

ACH WAS.

DIESE STIMME...

DU BIST DER...

EURIPEDES RITZLAND (25)

ICH BIN FRISCH VERHEIRATET.

(SEINE FRAU LEITET EBENFALLS EINE
FIRMA. WEGEN DER ZU HOHEN ARBEITS-
LAST LEBEN SIE GETRENNT.)

FLAPP  FLAPP

FILE 11 REAL FACE

DIE DROGEN FRÜHER HABEN MIR DIE NERVEN-FASERN ZER-SCHOSSEN.

SO EIN ELEKTRO-SCHOCKER IST BEI MIR WIR-KUNGSLOS.

...

UHHH

DWUFF

GIBT
ES ...

... EINEN
GRUND?

ICH DENKE, WEIL MEIN MANN UND ICH IHR ...

... ALS SIE NOCH KLEIN WAR ...

... IHREN NAMEN ...

... IHRE VER-GANGENHEIT, EINFACH ALLES NAHMEN ...

EINE
GLOCK
SUBCOM-
PACT.

DIE
GEHÖRT
IHR.

EINE HERBE NIEDER- LAGE.

117

...

PFF ...

Pfeh he
he he ...
he.

Göchö.

GÖFF.

ACH,
RYANG-
HA, MEIN
LIEBER.

HAAAA-
AAAH
...

ICH FRAGE
MICH ...

... WAS FÜR
EIN GESICHT
DU GERADE
MACHST.

KLEINES.

VERRÄTST
DU MIR DEINEN
NAMEN?

TJA, ALSO ...

WO SOLL ICH MIT DER GESCHICHTE ANFANGEN?

VOR SIEBZEHN JAHREN ...

GRUSCH

... EIN NICHT
IDENTIFI-
ZIERBARES
MÄDCHEN.

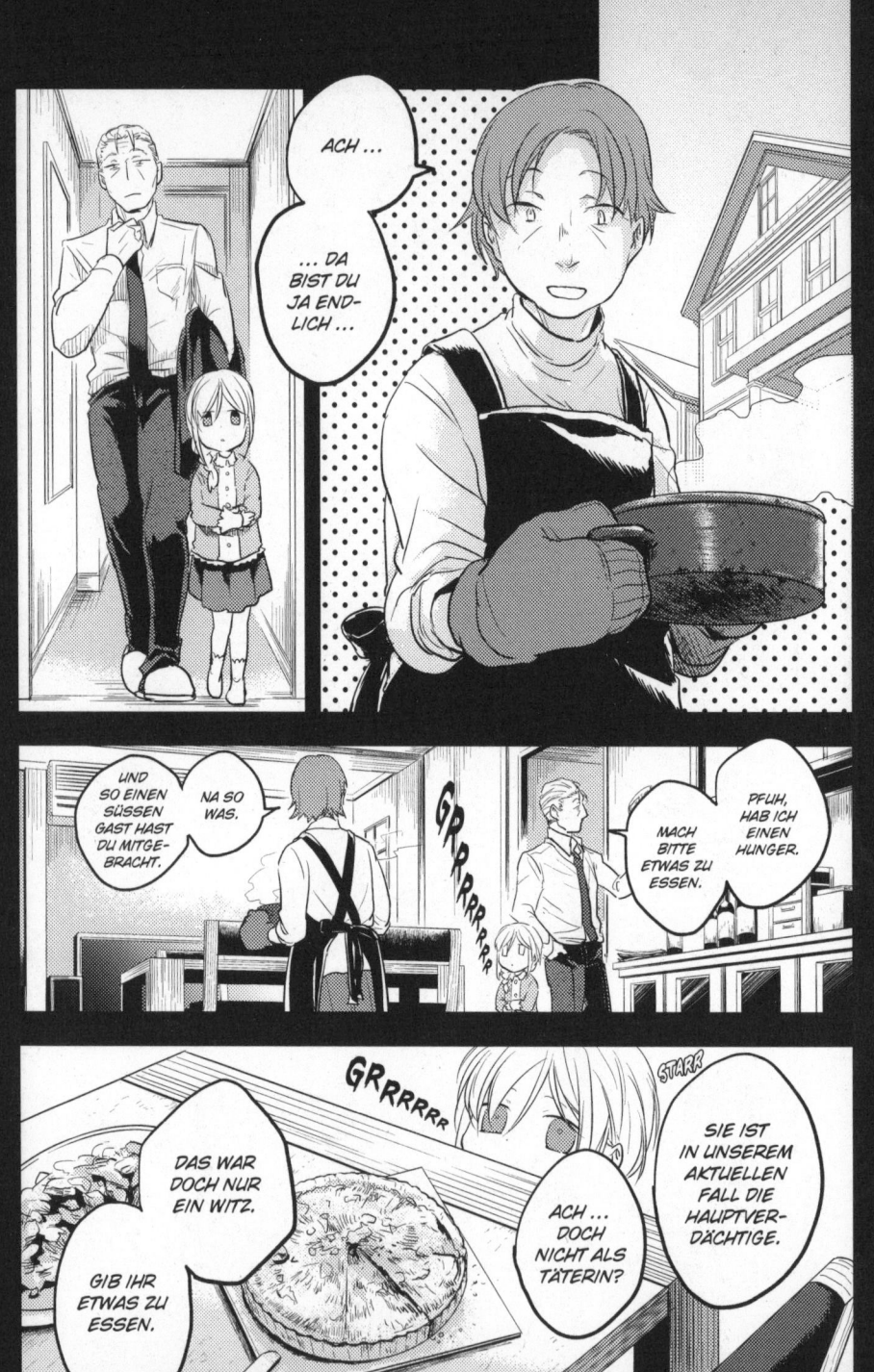

SO EIN KIND HABEN WIR UNS AUCH IMMER GE-WÜNSCHT, NICHT WAHR?

WOBEI ES JETZT WOHL EHER EIN ENKELKIND WÄRE.

...

DIE KLEINE CHATEAU HAT JA SO GUTE MANIEREN.

SCHMECKT'S DIR?

... DASS ES SICH BEI DEM FALL UM EINE ENTFÜHRUNG ODER UM ORGANISIERTES VERBRECHEN HANDELTE.

AUFGRUND DES KLEINEN MÄDCHENS NAHM MAN AN ...

DOCH ES WURDE NOCH MERK-WÜRDIGER.

HAST DU EIN LIEBLINGSTIER?

WO SIND DEINE ELTERN?

HAST DU EIN SCHWESTERCHEN ODER EIN BRÜDERCHEN?

WER WAR BEI DIR?

WO WOHNST DU?

DARÜBER HINAUS SPRACH DAS MÄDCHEN EXTREM WENIG.

ALLEM ANSCHEIN NACH WAR IHR NAME DAS EINZIGE, MIT DEM SIE SICH IDENTIFIZIEREN KONNTE.

WIR SOLLTEN UNS VERGEWISSERN, SOLANGE DIE LEICHE NOCH BEI UNS IST.

WENN MAN JEMANDEN NICHT SO GUT KENNT, IST ES SCHWIERIG, DAS AUFGRUND EINES FOTOS ZU BEURTEILEN.

EIN KIND DA MIT REINZUNEHMEN, IST DOCH ...

UND EIN FOTO WÜRDE NICHT GENÜGEN?

SCHON BALD WURDEN DIE ERMITTLUNGEN IN DEM FALL EINGESTELLT.

DIE WAHRHEIT VERSCHWAND IN DER FINSTERNIS.

NEIN. ICH WEINE GAR NICHT.

DA BIST DU JA.

NA? WIE WAR SIE, DEINE ABSCHIEDSFEIER?

DAS MÄDCHEN WURDE VOM EHEPAAR DANKWORTH ADOPTIERT ...

... UND TRUG NUN DEN NAMEN CHATEAU DANKWORTH.

GlEK

EINE SACHE WAR BESONDERS MYSTERIÖS.

... WURDE LETZTENDLICH ALS NICHT IDENTIFIZIERBAR GEHANDELT.

DIE LEICHE DES JUNGEN MANNES, MIT DER ALLES ANGEFANGEN HATTE ...

ES STELLTE SICH HERAUS, DASS DIE PERSON AUF DEM AUSWEIS ...

... DEN MAN BEI IHR FAND, NICHT EXISTIERTE.

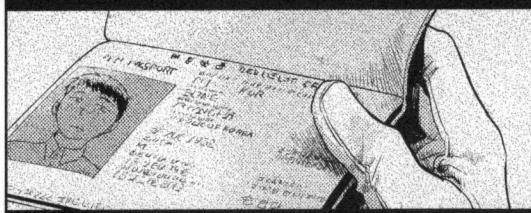

DER NAME, AUF DEN ER AUSGESTELLT WORDEN WAR, LAUTETE ...

DU HAST DICH VERÄNDERT ...

... HOU.

... RYANG-HA SONG

• FILE 10 „RAID"

VIELLEICHT IST ES DAS ERSTE MAL, DASS CHATEAU IN DIESEM MANGA EINEN ROCK TRÄGT ... ICH HABE EINE KIRCHE IN DER UMGEBUNG BESUCHT, UM DIE ATMOSPHÄRE ALS REFERENZ ZU BENUTZEN. NA JA, DIE „KIRCHE" WAR EIGENTLICH NUR EINE KAPELLE FÜR HOCHZEITEN ... LOL

• FILE 11 „REAL FACE"

IMMER, WENN ICH DIESEN TITEL LESE, DENKE ICH: „WAR DAS NICHT VON KAT-TUN*?" ABER DAS GEHT WOHL NUR MIR SO. (VERMUTLICH ...) CHATEAU ZEIGT IN DIESEM KAPITEL WORTWÖRTLICH VOLLEN KÖRPEREINSATZ. SIE IST NUN EINMAL DIE HELDIN ... SIE HAT NOCH EINIGES VOR SICH ...

* EINE JAPANISCHE POPGRUPPE

• FILE 12 „NAME"

IM VERGLEICH ZUM WEBCOMIC HABEN SICH DIE ZWISCHENMENSCHLICHEN BEZIEHUNGEN SEHR VERÄNDERT. ICH HABE DEN FLASHBACK ZWAR RELATIV DETAILLIERT MIT HINEINGENOMMEN. IHN ZU KONSTRUIEREN WAR ABER EIN ZIEMLICHER KAMPF ... DIE KLEINE CHATEAU IST UNGEFÄHR VIER, FÜNF JAHRE ALT.

IST OHNMÄCHTIG

NICHT, DASS DU DICH ERKÄLTEST.

URHNNH ...

URHNNH ...

ES FOLGT EIN SPEZIELL FÜR DIESEN BAND GEZEICHNETES BONUS-KAPITEL.

WAS MACHEN WIR BIS ...

BIS ZUM CHECK-OUT IST NOCH ZEIT.

RUBB RUBB

IST SIE EIN MORGEN-MUFFEL?

FHUAAH.

....

TRAAANO.

....

DU HAST ...

... DICH GESTERN NICHT MEHR GEWASCHEN UND DEINE KLAMOT-TEN SIND AUCH DRECKIG.

TRAAAN O.

ACH, ÜBRIGENS ...

...

BATAMM

!

SPÄH

IST
ER NACH
DRAUSSEN
GEGAN-
GEN?

...

OH.
EIN
HAND-
TUCH
...

....?!

KLACK

BIN WIEDER DAHAAA.

...

... IST SIE NICHT ...

IM BADE-ZIMMER ...

VOM JACKETT BIS ZUR UNTER-WÄSCHE ...

KLAR.

E...

ETWA ALLES ...?

... HAB ICH ALLES MIT REIN-GESTOPFT.

... BIS ZUR UNTERWÄ-SCHE ...

VOM JACKETT ...

DOCH, ABER DARUM GEHT'S NICHT.

...

DARF DAMEN-UNTERWÄSCHE ETWA NICHT IN DIE WASCH-MASCHINE?

HM?

ICH WOLLTE MIR EINMAL ETWAS GÖNNEN UND HABE MIR EIN STIFT-DISPLAY GEKAUFT. ABER ICH KONNTE MICH NICHT DARAN GEWÖHNEN UND HABE ES VERSTAUBEN LASSEN ... SCHADE!!

ALS MANGAKA HATTE ICH DAS GEFÜHL, DASS ETWA EIN HALBES JAHR VERGANGEN SEIN MUSS, ABER ...

DIESEN MONAT HABE ICH ES AUCH WIEDER IRGENDWIE GESCHAFFT ... —ZEIT·FÜR·KANTAI· COLLECTION ...

AUGUST

SIE HOLT DEN WEBCOMIC EIN ...

AUCH IM MANGA IST DIE GESCHICHTE EIN WENIG VORAN- GEKOMMEN ...

... DATES. IM WEBCOMIC HATS MEHR GEKNISTERT. ODER?

JA. KÖNNTE MAN SO SAGEN.

DU NERVST.

BEIM WEBCOMIC IST DIE ZEITACHSE DURCHEINANDER. WEIL ICH OFT EINFACH NUR BESTIMMTE SZENEN ZEICHNEN WOLLTE, SIND ES EHER VER- STREUTE ...

DAS RESTAU- RANT ...

... DIE HAND- SCHELLEN ...

... INNERHALB DER GESCHICHTE SIND ZWISCHEN KAPITEL 3 (24.12.) UND KAPITEL 12 NUR EIN PAAR TAGE VERGANGEN. UNGEFÄHR SO ...

3. KAPITEL	**WEIHNACHTEN (24.12.)**
	NÄCHSTER TAG
4.–7. KAPITEL	**DER ANGRIFF**
	NÄCHSTER TAG
8.–9. KAPITEL	DER CHEF IST WÜTEND. BEI CHATEAU IN DER WOHNUNG.
	2–3 TAGE VERGEHEN?
10.–12. KAPITEL	**ERNEUTER ANGRIFF**

WEIL ICH DORT AUCH ANKÜNDIGUNGEN FÜR VERÖFFENTLICHUNGEN HOCHLADE, WÜRDE ICH MICH FREUEN, WENN IHR BEI PIXIV MAL VORBEI- SCHAUEN WÜRDET.

... IST ES IN VIELERLEI HINSICHT LUSTIG.

ICH HABE AUCH DEN EINDRUCK, DASS DIE VERGANGENHEIT VON RYANG-HA UND HOU IM WEBCOMIC ZÄHER ERZÄHLT WIRD.

WEGEN DER UNTER- SCHIEDLICHEN SETTINGS ...

NACHWORT

AUCH DIESES MAL HABEN MICH WIEDER TATKRÄFTIG UNTERSTÜTZT ...

UND? WIE HAT ER EUCH GE- FALLEN ...?

DAS WAR ALSO DER ZWEITE BAND.

DANKE AUCH FÜR DIE VIELEN RÜCK- MELDUNGEN ZUM ERSTEN BAND!

ORIGO10
CHARAKTERDESIGN-SPENDE FÜR CHATEAU

の(ω)の
DU KONTROLLIERST GANZ NONCHALANT DAS „GENE", ODER?

S.O.
VIELEN DANK, DASS DU MIR IMMER HILFST!!

ALLE AUS DER FAMILIE, ALLE FREUNDE ETC. ...

ICH LESE DIE NACHRICHTEN DER HANDY-UM- FRAGE ...!!

ICH BIN EUCH ZUTIEFST DANKBAR.

ZUCK

AN ALLE, DIE DIESE SERIE UND DIESEN BAND ERMÖGLICHT HABEN, DER REDAKTION, DEM DESIGNTEAM, ALLEN BETEILIGTEN UND ALLEN, DIE SICH DIESES BUCH GEKAUFT HABEN, EIN GROSSES DANKESCHÖN!!

ALSO DANN!

SOLLTE ES AUCH EINEN DRITTEN BAND GEBEN, WÜRDE ICH MICH FREUEN, WENN IHR WIEDER MIT DABEI WÄRT ...!!

NÄCHSTE MAL SCHAFFE ICH ES AUFS COVER UND ...

ACH, INDI, DAFÜR BIST DU GANZ ALLEINE AUF DEM UMSCHLAG (UNTER DEM COVER). HERZLICHEN GLÜCK- WUNSCH. (MONOTON)

IMMER NUR DU, CHEF. GE- MEINHEIT!

FÜHLT SICH AN, ALS WÄRE ICH GAR NICHT DABEI GEWESEN.

LOVE OF KILL 01

LOVE OF KILL 02

LOVE of KILL

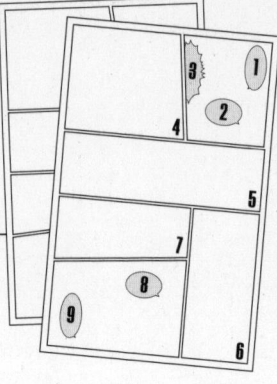

STOPP! DIES IST DIE LETZTE SEITE!

LOVE of KILL ist ein Manga, und einen japanischen Comic liest man von hinten nach vorne. Auch die Lesereihenfolge der Bilder und Sprechblasen auf den Seiten ist anders als gewohnt: von rechts oben nach links unten.

LOVE of KILL 02

von
Fe

1. Auflage, 2022
Deutsche Ausgabe/German Edition
© Manga Cult, Ludwigsburg 2022

Aus dem Japanischen von Etsuko Tabuchi & Florian Weitschies

KOROSHI AI Vol. 2 © Fe 2016
First published in Japan in 2016 by KADOKAWA CORPORATION, Tokyo.
German translation rights arranged with KADOKAWA CORPORATION, Tokyo through TUTTLE-MORI AGENCY, INC., Tokyo.

Programmleitung: Alexandra Grimsehl
Redaktion & Lektorat: Domenic Wassiljew
Korrektorat: Alexandra Grimsehl
Layout und Lettering: Manga Cult, Datagrafix GSP GmbH, Berlin
Druck: GGP Media GmbH, Poessneck

Print-ISBN: 978-3-96433-579-1

www.manga-cult.de | Juli 2022